泉を待つ

植田珠實歌集

短歌研究社

梟を待つ　目次

題字　中西柳邨

梟を待つ

布《ふ》留《る》

西方の砂は大和に降りしきり霞に浮かぶ箸墓、三輪山

踏みゆけば草の匂ひのたちのぼり山棟蛇《やまかがし》とふこゑにふりむく

ゆびさきを土筆につつかれ摘みゆきぬ靄のむかうのその奥に入り

つめを立て土筆の袴剝きつづく胞子は御陵の沼の色して

布留川の桜のつぼみほどけゆき雨の明るき朝となりたり

ゆづり葉の雨に洗はれひかりをり山の辺の道ひとのかげなく

布留川のほとりをゆけば貴人《あてびと》のこゑやするらむ冬桜さく

たちのぼる霧は三輪山より生れて母もいつしか隠れてしまふ

蛍草

雨だれがほたるぶくろを膨らませぼうとおほきなゆふぐれの来る

疲れたといふひとの髪撫づるとき卯の花こぼる風なき朝

灯を消して耳をすましぬふーほぉーと吾を呼びくるる梟待ちつつ

あの夏のおほきな犬の息遣ひふいにもどりぬ黒南風のなか

本当のことなどたれも言はぬ日を十薬の花摘みては干しぬ

たれかれとやさしくしたき日のありぬ鬼灯の実はあをくふくらみ

鳥に

湖西線のホームの端の雪だるま鳥になるまで溶けつづけたり

あはゆきを吸ひし外套払ひつつ曲る坂ゆく在原村の
長靴の足跡だけをつれて来し業平の墓ゆきに埋もるる

雪のなか老いたる桜はなだれつつ堅きつぼみをぬらし揺れゐる

あたたかき言の葉欲しく黙しゐる隣のひとの腕をつつきぬ

ゆふぐれをひとつふたつと数へつつ摘みてゆきたり野のふきのたう

をがたま

六月の吐息のやうなひとりごと庭に小さくぶだうの花咲く

古き茶葉をいぶしてをりぬ梅雨のよる聊斎志異に栞をはさみ

幼き日妖怪たちをはべらして聊斎志異を読みくれし父

つちふりてうすくらき家にゆつくりと父の物食む音のきこゆる

頬ずりはとほくの記憶ぶあつさの残る父の手さくら蘂降り

父からの電話を途中で切りしとき胸のなかからとびたちし蝶

をがたまの小花を摘めばほどけゆきほおおと父は声をもらしぬ

くちなしの雨だと父はゆつくりと羊毫の先濯ぎてをりぬ

ていねいに柿の葉剝きて咀嚼する父のまはりにあつまる野鳩

ゆつくりと柿の葉鮨を食む父ののどぼとけ鳴くくくくと鳴く

着ぶくれて想ひ出ばかりわきあがりてのひらを摩り胸にあてをり

白樫の葉は揺るがずにあはひよりはね返しくる冬のあを空

あめだま

とうさんは飴玉が好きベッドには玉虫色の飴が隠るる

灰色の柵を乗り越え落ちたるやベッドの下に敷かるる毛布

背のあざの鳩羽《はとば》紫《むらさき》　ひろごりて湯に入る義父をしづかにつつむ

人を打つこともなきまま来しひとがあをき斑《ふ》の背をみせて恥ぢらふ

軟膏のすべりて指のとまるとき義父は語りぬシベリヤの冬

つばな

黄の花をあまた咲かせて苦瓜はひとを待ちゐる部屋を暗ます

音もなく開く扉にたちつくす申込書を抱きかかへつつ

生年月日、介護認定、施設長は畳み掛け問ふひぐらしのなく

自転車で来られる距離とつぶやけば肩甲骨が固まりはじむ

わたしでない誰かを入れる施設なり茅花の絮の浮きて流るる

右隅に判を押すとき迷ひ来し川鵜がくいと首をのばした

零余子《むかご》

病室の透きとほりゐる窓に手をつきて眺むる音のなき秋

点滴の止まりしままの腕のばし清《す》む十月の空を指さす

神を呼びつづけるやうにほとほとと病むひとうたふおぼろなる歌

手をのばし空をつかみてつぶやきぬ零余子のごとく言の葉こぼれ

渡る鳥、流るる雲よ点滴のしづくしづくが時の間を縫ふ

影絵

鹿の来るサナトリウムに向かひたきゆふぐれのあり義父の待ちゐる

匙を持つゆびのかたちを覚えたり影絵のやうに障子にうつす

羽ひろげ影絵の鳩はとびつづけ障子の桟に当たりて消ゆる

眠りつつあけたる口にゆつくりと粥を入れをり朱色の匙で

ひさびさの子守り歌なり百人一首をあけぼののおと低き声にて

くちびるをゆるめる隙に流しこむゆふやけ色の人参スープ

木の匙に米粒うかぶ粥すくひ路地の居酒屋「おはつ」のことなど

きさらぎの雨つぶ落とし傘を閉づ病みゐるひとの気配を纏ひ

くらやみのかべのスイッチ押すやうにこゝろを失くししひとのまばたき

逝くひとの息かとおもふあかときの霧のしづくをてのひらに受く

淡　海

粟粒をまき散らししごと水鳥はここごゆる湖に浮きてたゆたふ

比良山を小昏き雲の覆ひたり雪のにほひを漂はせつつ

冬鳥の波になびけばわれもまた比叡颪にふかれて傾ぐ

水際に音をたてつつ近づきぬ幾千羽の鳥翔ぶをみむため

淡うみをめざしくる鱒待ちまちて水にゆれゐる罠はゆらゆら

日の落つる音を聴かむと母は言ふ薄く雪つむ比良にむきつつ

ちちははもみづとりたちも寡黙なりいつしか湖に夕やみ降りて

枯れ葦をほきほき折りてうかがへば群れの一羽がたかく啼きたり

布靴をじんわり濡らし帰るとき啼きて止まざる小白鳥ゐる

かうかうと小白鳥たち啼きかはし雪ちる空を見上げゆれたり

なきかはす声の渦まくまなかより風にのりたり小さき白鳥

卯浪

光りつつ細かき鮎は一斉に簗に向かひぬ湖北の川を

みづうみの風低うして水を打つゆびのさきには菱の花咲き

白鷺も鳶も並びて電線にゆれつつみつむ跳びゐる鮎を

あらあらと簗への土手に降り立ちし老人おほきな網をひつ提げ

飼はれゐる鮎はぐるぐる泳ぎたり養殖場は葛に被はれ

串の鮎ひれをうごかし窓辺よりくらき葛花にほひ立ちきぬ

きらら

綿虫はさみしさみしとあつまりぬ僧駆け抜けし雲母《きらら》の坂に

てのひらにとけゆく雪をながめつつゆるり入り来し神の領域

眉細き禰宜は坐りて極月の昼を白紙切りつづけをる

木の香る絵馬に描かれし母馬は前脚あげて仔馬をみつむ

神の木は裸となりてなほ聳ゆぐるり張られし注連縄のなか

鯉跳ねて障子はげしく鳴りはじむ比叡颪の吹き荒るる朝

床板を踏むたびぎいと応へゐるそなたはたれぞ　比叡の鬼や

晩鐘の小屋より出でし寺男赤啄木鳥《アカゲラ》見たかとわれに問ひたり

ひひな

水仙もひとも傾ぎて坂に居り関の宿には木槌の音する

街道の格子に鼻をおしつけて女雛のくらき眼と会ひぬ

鳥籠に白銀色の鳥を飼ふ女雛の髪のややにほつれて

雛壇の女官が笛を吹きたれば鬼の奔り来辻のむかうゆ

マンホールに小鳥の三羽描かれて雪消のまちの水音はやし

和菓子屋の硝子のなかに坐りゐる砂糖の鶴が羽ばたきさうな

嵯峨野

ほそほそと若木は花をゆらしつつ誘ひやまず花食む鳥を

東北に送る桜と書かれゐて根には幾重も荒縄巻かる

花篝に炭くろぐろと濡れ残り絶えたるほのほの行方おもはす

広沢の池にさざなみ渡りきてゆらり現る佐野藤右衛門

始神峠《はじかみたうげ》

桐の実を踏みつつ熊野古道ゆくたちのぼりくる山霧のなか

沢蟹の朱のちりぢりに隠れゆき始神峠《はじかみたうげ》の翳の深まる

水草にのんど触れられ息つげば熊野の海に雨は走り来

灼け砂にころがりながら目つむれば脚の先より鱗の生ゆる

紋章のごとくに火蛾の浮かびたり睡蓮鉢にさみだれはげし

むかし北の国にて

あめりかの鮭缶の蓋きいきいと開けゐるわれを猫はみつむる

みづうみは風のかたちに凍りたり脚を曲げつつ牡鹿が渡る

木のベッド軋みて沈むながき夜を風が哭きたり湖わたりつつ

やはらかき雪に肘まで差し込んで林檎つかみぬ紅き林檎を

牧師館の裏に棲みゐて日曜は聖書を読みき異国のことばの

あをしろき少年の手をにぎりつつ聖歌を歌ひぬ十字架みつめ

越南《ベトナム》の養子の落とす匙の音が朝餉の祈りを走り抜けたる

封を開けとほき祖国の近況を読みつつさみし　栗鼠と目が合ふ

羊の毛盥に入れて揉み洗ふ胡桃で染めて織りゆくがため

渋色に染まりし手のひらみつめつつ深く息はく異人の息吐く

ロチェスター美術館の浮世絵を白手袋して木箱よりだす

異国にて広重、歌麿、北斎が日本のをんなの手に触れらるる

雪のこゑ織機と糸のからむ音わたしも猫もほんとにしづか

さみだれ

東京より来たる詩人は耳とほくふたりのなかを五月雨奔る

祝薗《はふその》ははふりの苑と聞きしよりそろりと人を迎へ送りぬ

円座して輪廻転生のことすこし西瓜の種をぷつぷと飛ばし

猫よりも犬になりたい来世には真桑の皮をうすく剝きつつ

くらやみに苦瓜熟れて弾けゆく均衡保てぬひとひの終り

神田

楽器屋のつづく坂をのぼり来て小さき本屋の江戸の古文書

堅牢な大学裏の小道より入りてベンチに啜る缶コーヒー

亡き叔父も仰ぎし樫かぱらぱらと落つる木の実にくすぐられをり

校庭に樟の実ふみて友待ちし心ぼそさの甦りくる

はづかしさかくすため踏むどんぐりの割れゆく音のやはらかきこと

東京の夜のにほひと思ひつつシーツにくるまる地震《なゐ》ゆるく来て

ことり

大甕に蘭鋳飼ひたる画家のゐし　地下にきいろき小鳥を遺し

地下室にくだれば羽の音のしてつがひの鸚哥寄り添うてをり

うすくらき壁に筆の吊されてゆれつつ描く透きゐる文様

病むひとの番《つがひ》の小鳥たまごいろ寄りそひ嘴でつつきあひをり

ペトロールの香　地下室に飼はれたる画家の小鳥はさへづりはじむ

天窓ゆふり来る梅雨のひかりなか塵のまひたつ鳥羽搏けば

色うすき小鳥はうすき眼もちふるへてをりぬひかりのなかを

もうすこし眠つてゐなさい　ささやいて墨色の布籠にひらりと

月見草持つてかはりますか首すぢを縒らしてわたす伏見の女人

風のおもさかもしれない　ことことと籠の小鳥は音たててゐる

水平に小鳥の籠をかかへつつ白南風のなかを迷ひて路地に

紅うかべ花を閉ぢゆく月見草ひんがしの空あかるむころを

つがる

酸ヶ湯とふ沼のやうなる湯船あり八甲田山の山霧流れて

林檎園ぬけて金木の郵便局ちかくに住みしみち子さん逝く

祭りには笊一杯の蟹をねと蟹割る仕草の津軽のひとよ

「太宰が好ぎ、寺山修司そつだにすぎでねぇ」金木のひとの訛が重い

甘樫の丘の曼珠沙華の球根を紙に包みて持ち帰りしに

青森の雪を厭ひて曼珠沙華は消えてしまひき「溶けでしまつて」

恐　山

腕《かひな》無き土偶は口あけ直立す野分の風の残る茂りに

石を以てひとも突きしや縄文の鏃《やじり》のなかに透く石のあり

息すれば耳の奥より漏れ出づるカザグルマの音、硫黄の匂ひ

一世なれ恐れをしらず飛ぶ鳥の硫黄の煙のなかを囀る

摑みたる昆布のぬめり下北のさみしき海に潜《かづ》き息つぐ

手を伸ばしゆび開きつつくぐれどもゆらぐ昆布のすきまが狭い

恐山の風ふきぬける浜に坐す昆布のぬめりとひかり纏ひて

集落のほそき道より魚を焼く匂ひの来り磯の香まじりて

下北の漁村の道に敷かれたる昆布は汐より濃き香を放つ

邑人は背《せな》にこんぶを担ぎ行く長ながし尾の深海魚のごとき

浜覆ふ昆布のなかに坐りゐつ六ケ所村のほどちかき磯

蜃気楼

砂漠より噴き出る瓦斯に群がりゐる人をみおろす冬の満月

アルジェリアの砂漠の中に城のあり蜃気楼のプラントごとゆれて

銃身を抱き眠るらむ少年兵こほれる星の降りくる下を

砂嵐ふきくるなかを跪きとほき祖国をおもひしや汝
中東の砂漠のうねりの果てしなし網をかけられ柩は戻りつ

一ぐわつの砂漠の月を思ひつつ厨の瓦斯の焔を見詰む

ホットミルク

石狩の雪は斜めに降るといふ葉書のはつか湿りふくれて

地下鉄の電車の揺れに酔ひしまま海色をした神戸に降りたつ

中華街スターバックスの木の椅子はつるつるすべり所在なき足

時雨の香まとひ真横にすわりくる　ホットミルクを零してしまふ

湯気立てるミルクが咽を通るたび鶴の首もて撓ひてをりぬ

海風をとほして来たる声ならむ波長はゆるくわれに巻きつき

迷ひ子のやうにあなたの顔をみる降りくる雪のまなかに居りて

雪つぶて当ててあててもしづかなる歌人に歩幅あはせゆきたる

押さふれば兎のごとき声洩らすモヘアのセーター洗ひてをりぬ

明るさのなかのくらやみ　あはゆきは許しのごとく頬にとけゆく

黒南風

カタカナで鳴きゐる鳥のとびたちて藪の椿はまなかより揺る

さくら降る夜に寄り来るぬくきもの琺瑯の椀に白湯を入れやる

いつの世か双子でありしことなどを語りてみたし桜の夜は

沙羅の花落ちつづける夜をくちすさぶビリー・ホリデー「奇妙な果実」

ささゆりは海を向きつつゆれてをり黒南風のふく紀伊の岬に

弱りゆく天鼠《かうもり》のうへ木蓮の湿りしはなびらふあと蔽ひて

葉桜の風の行方をおもひつつ日の匂ひするタオルをたたむ

北国の林檎の花は受粉中そんな話をしたくて電話す

守宮

戸惑ひし鹿のまなざし持つ少年をあるゆふぐれに一度見たきり

俯きて荷を届けくる少年のスニーカーの紐ほどけてをりぬ

雨の夜の守宮をみつめつづくればヤモリの息のはつか乱るる

まなぶたの無きまま守宮は沙羅の花敷き散るうへに落ちてゆきたり

湯屋の灯の消ゆればぱつと指ひろげ守宮の夫婦はふたりして落つ

翅音のたえることなき草庭を朧の月の抱へはじむる

鼬来る道のあるらしうすうすと白き十薬の花のゆれゐる

デカルトを読みてかしこくなりし日も厨からまた消ゆるスプーン

わすれたら忘れてみたらとかなかなは透きゐる月が色を増すまで

たれもゐぬ梅雨のプールにゆらゆらと触れあひしこと浮葉のごとく

睡蓮のやうにをとこは浮かびをり古式泳法とふ謎めく静けさ

紫蘇の葉を細かくきざみほぐしつつ溶けしバターと麵に絡める

紫蘇の実を摘めばはがねの香のたちて露はつめたく指を濡らしぬ

八月の熱にふくらむ家のなかひとりふたりと気化しはじむる

床《ゆか》の棘ささりし指は熱放つゆふがほの花ぽんとひらきぬ

六月の雨

手に触るる馬酔木の花のつめたさよ地震《なゐ》生れいづる星のかたすみ

外つ国のひとと霞の奈良にゐてときどき上がる語尾にとまどふ

テレパシーで話しませんか六月の雨をふはりと蝶のとびくる

ふらんすの詩をよむやうに笑ふひとふくらむ袖をひつぱりたくなる

花束を抱へ首を傾げたる女人の後ろに長廊下あり

フェンネルの種の零れつオムレツは白磁の皿にふはりもられて

重き髪もてあましゐるひとの文封を切らずにしばしながむる

夕焼のかけらのやうな金魚抱き夜の電車にゆられてをりぬ

あやまちの胸に沁みいるゆふぐれをもぢずりの花か細くゆるる

まなか

友よりのデモのいざなひ　八月のひかりがからだを走りはじむる

荒野をば外つ国人と耕しし祖父がたちくる晩夏のひかりに

白桃を濡らして包む新聞紙安保の文字が浮きて隠るる

指先のうすくなるまで紙を折る爪で摺りつつ角をあはせて

せんさうはんたい心地のわろきことばなり素早く内に紙を折り込む

きのこ雲も降りくる灰も知らざりきサンダル履きで投票所に居る

左です右です言はるるままに動きたる投票所の白き線上

子午線

坡塘には鰯が鱗とばし跳ぶ青灰色の身を打ちつづけ

とぶ鱗よけつつ須磨の夕日みる子午線のまち焼けてゐるやう

廊下まで汐の気配のながれくる夜間高校にゆるる灯のあり

給食のパンのにほひの残りゐる室に三十人のあいまいなる眼

明石漁港組合に働く少年ジーパンに鰯の鱗の一片をもち

大蛸の値を教へてくるるその後に初めて綴る一行の詩

解体の途中の家から蛇、ヤモリ飛んで来しとふ三十路の青年少女らはたれも小さき文字を書く「生きるのしんどい」「恋してる」

六十人の詩の書かれたるおもき紙抱へて持てば密事《みそかごと》めく

月

嘶きを聞いた気のして目覚むれば月のひかりを電車が走る

月の夜に書きたる仮名の文字縒れてあなたの顔が思ひ出せない

灰のふる空をくぐりし月ならむ蝶の来りて首に止まりぬ

あかときにひろごる泪のにはたづみ胸のあたりを爪先で突く

茶葉は湯に沈みゆるりとふくらみて月の明りとなりて浮かび来

熱の夜の粥はさみしき湯気をたて炊かれゆきたり窓をくもらし

鴉がね集まつてゐるの十一月の虹のやうなる母から電話

月暦を横目で見れば無月らし里芋の皮厚く剝きゆく

影

やはらかき土に蒔きたる小松菜の種のあたりに秋日の溜まる

河童棲む邑に旅立つ夜の更けをくるりくるりと林檎の皮むく

尾のながき鳥の啄む藪椿音を残して花ひとつ落つ

月光を纏ひて鹿は眠りたりほのかにぬくき赤土のうへ

伊賀の山越えゆくところに売られゐる猪の肉あり銃弾残りし

三輪山をおほへる雲は雪をよび卑弥呼の里の冬はふかまる

冬晴れておのれの影のかろくなりわれより先に走りだしたり

コンパス

何色の鳥なのだらう極月の扉をたたき帰りくる子は

鹿に似る子に林檎剝き無口なる熊のやうなる子に肉を焼く

帰り来て深き眠りのなかにゐる子はふいに天井軋ます

寒の月の光のやうな電話線たどりてゆけば子の棲む部屋に

コンパスを地図に廻せば小さき円そのなかほどに子の生息す

子を恋ふるときは厨にもうもうと湯気を立てつつ食ひものを煮る

両腕にぬくき子抱きし日のありて青鬼灯の風にゆれたり

おぼろ

ややゆらぐ軀の軸をあやしつつ細かき冬の雨にぬれゆく

淡ゆきのふりくる昼はあかるくて探しし物をわすれてしまふ

朧夜のむかしばなしを語りつついつしか交りて大和のことば

あのうと言ひまどふやうな三月の風の真横を歩きつづくる

クリスチャンはうすき声もて神を説く朧の月の下にたたずみ

阿蘇にゐし蛍を恋ひて君は揺れほたるのごとくに川に向かひぬ

なぐさめてもらはうなんて思つてゐない綾取りの糸の縺れもつるる

日蝕の環の移ろひ見上げをりたれともしらぬ古墳のすそ野に
耳奥に茅花がゆれてゐるのだとゆふぐれの空ゆるり見あげて

塩尻までどうやって行くのだらう九月の朝顔ぽつんと咲けり

おと

みんなみに火星あかるし口すぼめケーキの蠟燭吹き消したる宵

気の弱き犬のごとくに啼きにけり向かひの杜に棲むふくろふは

まるつこい小さき車はぱたぱたと消えてゆきたり煙を残し

夏柑もあげればよかつた誕生日の皿のクリームゆびで掬ひつ

ねんねこにわれを包みてあやしゐし軍服の祖父壁より笑まひぬ

足音を聞きつつ年は暮れてゆくみたりのをのこ違ふ音もつ

擦るやうにわれに近づく長男の鋭《と》き難問は乱調にて来る

摘みし花まきちらすやう愉しげに階段おりくる次男のあし音

三男は座敷童と呼ばれゐて木琴の如きひくき音まく

みなたれも自分の音を知らぬましらないままに年を古りたり

「しのぶもぢずり」

刈り草のつみあげられしその横に除染の袋あまたころがる

六月の雨の吹き込む温泉宿の貼り紙「除染作業員募集中」

除染ゴールドラッシュだべ　男たち四角い肩をゆすりて笑ふ

この歳だ、除染作業しかないのよ　雨のフクシマさくらんぼ熟る

剝製の狸、梟、狐、熊、硝子のまなこに梅雨のぐづりぬ

うすくらき廊下に獣がみつめをり裏磐梯の温泉宿の

剝製の獣のまなこ感じつつ湯にもぐりたりぐつと息止め

ちさきまま落ちたる桃が一パック三百円で売られてをりぬ

わつぱ飯のネマガリタケをしやきしやきとただしやきしやきと嚙みつづけゐる

鉄柵のま中の墓にむき立てば会津坂下を白南風ふきゆく

花のごと戊辰の役に戦ひし中野竹子の裔とし生きゐて

海近き南相馬に友のゐて燕帰ると便りのありしに

どんぐりの多き年は多産とふ熊の親子が笹原を駈く

時鳥のこゑをあびつつみちのくのしのぶもぢずり除染されたり

イザナミ

ある春をわれ幼くてジプシーにならむと言へば君はわらひて

幼子のごとく笑まひておほきかる西瓜をどんと渡してくるる

言ひ訳の下手な夫婦が縁側に黙して花火をみつめてをりぬ

ゆふだちのなごりのやうに坐りゐるあなたを広げ干してあげたし

消毒の匂ひの消えてくすしより戻りたる夫とふたりの暮らし

帰り来てまづ手を洗ふその背《せな》に線香花火が見ゆる夜のあり

イザナギの投げくる桃の味がふとよみがへりくる夫としをれば

老いたらば異国の街にて饂飩売る　さう思ひつつ大和の真中

小学校の軋む廊下をバケツ持ちくれし少年といまも棲みをり

汝《なれ》弱きものと云はるることもなく杉菜群れゐる庭にたたずむ

解説

吉川宏志

植田珠實の歌は、やわらかく茫洋としており、それでいて不思議な鮮やかさを持っている。歌集冒頭に置かれた「布留」という一連から、読者はすぐに、霞のかかった大和の世界に連れていかれるのである。

西方の砂は大和に降りしきり霞に浮かぶ箸塚、三輪山

「西方の砂」は、大陸から飛んできた黄砂だろう。交通が発達していなかった古代の大和も、風によって大陸につながっていた。霞の向こうに、箸塚や三輪山の丸い形がぼんやりと見えるとき、悠久の時間の中に〈今〉が浮かんでいることが、なまなまと感じられる。はるかな時間の存在の確かさ。それと比べると、いま生きている時間は不安定であり、ゆらゆらと浮遊しているようである。

「布留」の歌はどれもいいが、土筆を詠んだ二首を引いてみる。

ゆびさきを土筆につつかれ摘みゆきぬ靄のむかうのその奥に入り
つめを立て土筆の袴剝きつづく胞子は御陵の沼の色して

一首目は「土筆につつかれ」に、確かな指の触覚が表現されている。しかし下の句を読むと、ぼんやりとした奥深い世界に吸い込まれそうになる。二首目も、上の句は丁寧な写実だが、下の句の比喩に感覚を揺さぶられてしまう。つくしの胞子は、奇妙な青緑色をしていたなと思い出す。それが「御陵の沼」という古く妖しいものと結びつくことで、〈今〉という時間が、ミステリアスな奥行きを帯びてくるのである。

たちのぼる霧は三輪山より生れて母もいつしか隠れてしまふ

これは『万葉集』の「三輪山をしかも隠すか雲だにも心あらなも隠さふべしや」（額田王）を思わせる歌だが、母を失いそうな不安感がにじんでいて、どこか切なさがある。

古い時間と不確かな〈今〉を行き来しながら、目の前にあるものを、やわらかなまなざしで包みとる。それが植田珠實の歌の本質なのだと、ひとまず指摘しておきたい。

逝くひとの息かとおもふあかときの霧のしづくをてのひらに受く

という歌もあるが、霧や霞、靄などへの愛着は特徴的である。形が決まったものではなく、たゆたっているものに作者は魅力を感じ、そこに生命の動きを見いだしているのであろう。そして、歌われている霧や霞に合わせて、歌のリズムもしなやかに揺れ動いている。植田の歌には、のびのびとした言葉の響きが感じられるものが多い。

淡うみをめざしくる鱒待ちまちて水にゆれゐる罠はゆらゆら
日の落つる音を聴かむと母は言ふ薄く雪積む比良にむきつつ

「淡うみ」（近江）や「比良」という古い地名がよく効いている歌である。長い歴史をもつ風土の中で、今日という時間は形をもたず、はかなささえ感じさせる。「罠はゆらゆら」という結句の、いかにも不安な感じ。「日の落つる音」という、存在するかどうかもわからぬもの。こうした言葉の選びが鮮やかで、虚の存在感――無いものがあるという感じ――が、じわじわと伝わってくるのである。

沢蟹の朱のちりぢりに隠れゆき始神峠《はじかみたうげ》の翳の深まる

こうした歌もとてもおもしろく、長い時間を経てきた土地にひそむ霊のようなものを感じさせる。目に見えるのは沢蟹の朱だけだが、その背後にうごめくものを、作者の眼ははっきりと捉えているのである。「幻視者」としての側面が、こうした歌によくあらわれている。

植田珠實は謎めいた人で、自分のことはあまり語りたがらない。どんな生活をしているのかを、具体的に詠んだ歌はあまり多くないのである。ときどき、

廊下まで汐の気配のながれくる夜間高校にゆるる灯のあり

大蛸の値を教へくるるその後に初めて綴る一行の詩

のように、夜間学校で詩を教えている場面を詠んだ歌などが、ぽつんぽつんと入ってきたりする。しかし、日常べったりなのではなく、小説の一節

のような淡々とした味わいがある。場面がくっきりと描かれていることと、他人とほどよい距離を保っていることが、その原因であろう。『梟を待つ』には、さまざまな友人や知人がちょっとずつ出てくるが、それぞれに陰影があって印象に残る。

青森の雪を厭ひて曼殊沙華は消えてしまひき「溶けでしまつて」

などからも、朴訥なみちのく人の姿が浮かぶのである。

くちなしの雨だと父はゆつくりと羊毫の先濯ぎてをりぬ
をがたまの小花を摘めばほどけゆきほおおと父は声をもらしぬ
とうさんは飴玉が好きベッドには玉虫色の飴が隠るる
軟膏のすべりて指のとまるとき義父は語りぬシベリヤの冬

父や義父を詠んだ歌も、背景には病気や介護がうかがえるのだが、重苦しくならない。一世代前の男性たちのおもしろさや懐かしさを、温かく見つめている。「くちなしの雨」や「をがたまの小花」などの風物を間に置いて、近づきすぎないように歌っているからだろう。自分の生活を少し離れて見ているような、映像的な感覚が生じているのである。

その中でも、自伝的な「むかし北の国にて」は特に重要な一連であろう。

みづうみは凮のかたちに凍りたり脚を曲げつつ牡鹿が渡る
牧師館の裏に棲みゐて日曜は聖書を読みき異国のことばの
越南《ベトナム》の養子の落とす匙の音が朝餉の祈りを走り抜けたる
羊の毛盥に入れて揉み洗ふ胡桃で染めて織りゆくがため
渋色に染まりし手のひらみつめつつ深く息はく異人の息吐く
異国にて広重、歌麿、北斎が日本のをんなの手に触れらるる

「ロチェスター美術館」という語を含んだ歌もあるので、アメリカのニューヨーク州が舞台であることが分かる。牧師館の裏に部屋を借り、海外に収蔵されている浮世絵を研究した若い日々があったようだ。一首目の牡鹿の歌は堂々としていて、じつに美しい。三首目、牧師はベトナム人を養

子として迎えていたのか。スプーンを握り慣れなくて、よく床に落としていたのだろうか。結句の「走り抜けたる」に臨場感があり、まるで映画の一シーンを見るようである。

異邦人であることを意識しながら、胡桃で羊毛を染色する様子をみずみずしく歌っている。過ぎ去った日々だけれど、遠くなった時間のほうがむしろ鮮明に見える。霧や靄に囲まれている現在よりも、ずっと。そんな時間の不思議さが、こうした歌にもあらわれているのではないか。

歌集の最後のほうに、夫を詠んだ歌がいくつか出てくる。

ゆふだちのなごりのやうに坐りゐるあなたを広げ干してあげたし

など、何ともユニークである。ちょっと陰鬱になっている相手をからかうような優しさが、素直にあらわれている。そしてすぐ後ろに、

小学校の軋む廊下をバケツ持ちくれし少年といまも棲みをり

という一首があって、ちょっと涙ぐましい思いになってしまった。同級生

だった少年は、夫となって今でもかたわらで笑ったりしている。はるかな時間と〈今〉は、作者の中で強くつながっているのである。過去は失われるのではなく、姿を変えながらそばにあるのだという信頼感が、植田珠實の歌の深いところを流れているように思うのである。

好きな歌をもう少し引いて、この文章を終えたい。『梟を待つ』は、読めば読むほど滋味のある歌集である。多くの人にじっくりと読まれることを願っている。

わたしでない誰かを入れる施設なり茅花の絮の浮きて流るる
眠りつつあけたる口にゆつくりと粥を入れをり朱色の匙で
亡き叔父も仰ぎし樫かぱらぱらと落つる木の実にくすぐられをり
下北の漁村の道に敷かれたる昆布は汐より濃き香を放つ
中東の砂漠のうねり果てしなし網をかけられ柩は戻りつ
押さふれば兎のごとき声洩らすモヘアのセーター洗ひてをりぬ
指先のうすくなるまで紙を折る爪で摺りつつ角をあはせて

時鳥のこゑをあびつつみちのくのしのぶもぢずり除染されたり

歌集に寄せて

『梟を待つ』は植田珠實の第一歌集です。ようやく決心して上梓に至った歌集です。一会員の上梓ならいかようにも門出への言葉が並べられますのに、と今迷っております。

彼女なりの努力の成果と思いますが、幾多の方々のご教示あっての作品集と存じます。紙上をお借りして御礼を申し上げますと共に、今後共どうぞ温かいご指導をたまわりますようお願い申しあげます。

高　蘭　子

あとがき

海の香がまだ残っている東京から奈良へ越してきたのは五歳の時のことです。大和盆地の真中、布留という地、山の辺の道が始まるところでした。石上神宮の杜は幼い私の隠れ家で、夏になると遠く二上山に日が落ちるのを待ち、夕闇のなか梟の声を聞きつつ蛍を追いかけたものです。手のひらから飛び立った蛍のかすかな感触も蘇ってきます。

歌集を纏めていくことは、過ぎ来し時のなかを耳を澄まし手さぐりで漂っていくことに似ていました。

歌人を母に持ちながら、短歌の世界はいつまでも遠くにありました。日々、結社の雑務をこなしていても、どこか他所を向いていた気がします。歌の世界はあまりにも畏れ多く、入り込む勇気がなかなかでませんでした。

母親の世界というものはいつもどこか怖いものです。

こうして母が卒寿となる年に、やっと歌集を纏めることが出来たのは幸せなことだと思っております。

温かく、身に余る解説文を頂戴いたしました吉川宏志先生には心より感謝いたします。先生のお言葉のひとつひとつが明るさとなり、まっすぐに短歌の道を灯してくれました。

尾崎まゆみ様。白光を放つような貴女の傍らで己の姿勢をいつも問われる気がいたします。

藤原龍一郎様。不思議なご縁で先生の句会に入れて頂き、こうして歌集の栞のお言葉まで賜り深謝申し上げます。

和歌の雅な世界に身を置くことをお許しくださった、冷泉家時雨亭文庫、冷泉貴美子先生に心より御礼申し上げます。冷泉家の門を潜るたび、定家の時代に還る気がいたしました。

大和歌人協会の皆様、「玲瓏」の方々、歌集を後押ししてくださった吉川教室の歌友にも感謝申し上げます。

山の辺短歌会主宰、高蘭子、大切な、やさしい「山の辺」の仲間達。貴方方が居てくださったからこそ、歌が続けられました。本当にありがとうございました。

また出版に際してお世話になりました「短歌研究」編集部の堀山和子様、菊池洋美様には改めて御礼申し上げます。歌集を纏める愉しさを堪能させて頂きました。

平成二十九年　葉月のひかりのなかを

植田珠實

略歴

昭和二十四年五月七日　東京生まれ
昭和四十三年　県立奈良高等学校卒業
昭和四十八年　ニューヨーク州立大学ブラックポート校卒業
昭和五十二年　カリフォルニア州立大学大学院中退

歌誌「山の辺」編集人・大和歌人協会理事・奈良日日新聞歌壇選者
天理時報歌壇選者・兵庫県教育委員会特別講師
俳誌「藍生」所属・俳人協会会員

句集『月のこゑ』

検印
省略

山の辺叢書第二十九篇

平成二十九年八月八日　印刷発行

歌集
梟《ふくろう》を待《ま》つ

定価　本体二七〇〇円
（税別）

著者　植《うえ》田《だ》珠《たま》實《み》
郵便番号六一九—〇二二五
京都府木津川市木津川台一—五—一

発行者　國兼秀二

発行所　短歌研究社
郵便番号一一二—〇〇一三
東京都文京区音羽一—一七—一四　音羽YKビル
電話〇三（三九四四）四八二二・四八三三
振替〇〇一九〇—九—二四三七五番

印刷者　豊国印刷
製本者　牧製本

ISBN 978-4-86272-535-6　C0092　¥2700E